1

Wo ist die Currywurst 1949 entstanden?

a In Köln

b In Berlin

c In Dortmund

picture-alliance/akg-images

2

Bereits 1949 kam die erste deutsche Blue Jeans auf den Markt. Unter welchem Markennamen wurde sie hergestellt?

a Mustang

b Wrangler

c Paddocks

1

b: Nach der weit verbreiteten Auffassung ist die Currywurst in Westberlin entstanden. Herta Heuwer, die seit dem Sommer 1949 einen Imbissstand an der Ecke Kantstraße/Kaiser-Friedrich-Straße im Bezirk Charlottenburg betrieb, nahm für sich in Anspruch, erstmals am 4. September 1949 gebratene Brühwurst mit einer Sauce aus Tomatenmark, Currypulver, Worcestershiresauce und weiteren Zutaten angeboten zu haben und damit die Currywurst erfunden zu haben.

2

a: Die deutsche Bevölkerung kam erstmals durch die GIs mit der Jeans in Kontakt und bereits 1949 wurde die erste deutsche Blue Jeans von der Hermann Kleiderfabrik unter dem Markennamen Mustang hergestellt. 1953 wurde dann die erste Jeans für Frauen hergestellt. Bis in die 1960er-Jahre hinein trugen jedoch nur „mutige" Mädchen und Frauen eine Nietenhose.

3

Was war die markanteste Konsumwelle zu Beginn der 1950er-Jahre in der Bundesrepublik?

a Ernährung

b Hausrat

c Bekleidung

picture alliance

4

Welches Ereignis begründete den Beginn des Fernsehzeitalters?

a Werner Höfers „Internationaler Frühschoppen“

b Der erste Fernsehkoch Clemens Wilmenrod

c Die Krönung Königin Elisabeths II.

3

a: In seiner Bundestagsrede am 14. März 1951 bezeichnete Ludwig Erhard die freie Konsumwahl als eines der „wesentlichen demokratischen Grundrechte“ (das Erhardsche Grundrecht).
Als erste und im Bewusstsein der Bundesbürger auch die markanteste war die so genannte Fresswelle in den frühen 1950ern. Die zweite Welle betraf den (Be-) Kleidungskonsum von ca. 1949 bis 1955 und die dritte Welle den Hausrat von 1952 bis 1957.

4

Archiv Helmut Blecher

c: Zum ersten großen Fernseheereignis in Westdeutschland wurde die Krönung Königin Elisabeths II. von England am 2. Juni 1953. Die prunkvolle Zeremonie begeisterte Hunderttausende, die zum ersten Mal über eine Fernsehübertragung daran teilhaben konnten.

5

Mit wie vielen Stimmen Mehrheit wurde Konrad Adenauer zum ersten Kanzler der Bundesrepublik Deutschland gewählt?

- **a** Mit einer Stimme
- **b** Mit zwei Stimmen
- **c** Mit drei Stimmen

picture alliance/akg-images

6

Mit welchem Vertragswerk rückte 1951 Europas Einigung näher?

- **a** Der Europarat
- **b** Die NATO
- **c** Die Montanunion

5

a: Am 15. September 1949 wurde Konrad Adenauer (CDU) mit nur einer Stimme Mehrheit (einschließlich seiner eigenen) zum ersten Bundeskanzler der neuen Republik gewählt. Dieses Amt hatte er bis zu seinem Rücktritt am 15. Oktober 1963 inne. In der am 7. Oktober 1949 gegründeten DDR wurde Otto Grotewohl erster Ministerpräsident.

6

c: Mit der Montanunion begann die Einigung Europas. Die sechs Signaturstaaten Frankreich, die Bundesrepublik, Italien, Belgien, die Niederlande und Luxemburg unterzeichneten am 18. April 1951 in Paris den Vertrag zur Bildung der Europäischen Gemeinschaft für Kohle und Stahl (EGKS).
Am 10. Januar 1952 verabschiedete der Deutsche Bundestag den Vertrag über die Gründung der EGKS. Die Montanunion ging auf den französischen Außenminister Robert Schuman zurück. Ziel sollte es sein, die Stahl- und Kohleproduktion der Mitgliedsländer überregional zu koordinieren.

7

Wer trat 1952 nach dem Tod von Kurt Schumacher dessen Nachfolge als SPD-Vorsitzender an?

a Herbert Wehner

b Erich Ollenhauer

c Fritz Erler

8

Welches Ereignis löste am 17. Juni 1953 den Volksaufstand in der DDR aus?

a Stalins Tod

b Die Zwangskollektivierung der Landwirtschaft

c Der Streik von Bauarbeitern in Ostberlin

7

b: Nach Schumachers frühem Tod am 20. August 1952 übernahm Erich Ollenhauer – er galt damals als „perfekte Nummer 2" – am 27. September 1952 die Ämter Schumachers als Parteivorsitzender, Fraktionsvorsitzender und Oppositionsführer im Deutschen Bundestag.

8

picture alliance/akg-images

c: Mit einem spontanen Streik gegen die Erhöhung der Arbeitsnormen lösten Bauarbeiter vom Block 80 der Ostberliner Stalinallee drei Monate nach dem Tod des sowjetischen Diktators Josef Stalin einen Volksaufstand aus. Erst der Einsatz sowjetischer Panzer beendete den Aufstand, dem sich Tausende unzufriedene Ostberliner angeschlossen hatten.

9

1950 kehrten deutsche Sportler auf die Weltbühne zurück. Das sportliche Ereignis des Jahres war das erste Fußball-Länderspiel der Bundesrepublik. Wer war der Gegner?

a England

b Italien

c Die Schweiz

10

Was machte Boxlegende Peter Müller 1952 mit einem Schlag berühmt?

a Er schlug Bubi Scholz k.o.

b Er streckte den Ringrichter Max Pippow nieder

c Er schlug den ungarischen Olympiasieger Laszlo Papp nach Punkten

9

c: Am Buß- und Bettag 1950 verfolgten über 100 000 Zuschauer im Stuttgarter Neckarstadion und Millionen Zuhörer an den Rundfunkgeräten das Spiel gegen die Schweiz. Es endete mit einem 1:0-Sieg der deutschen Mannschaft durch ein Elfmetertor des Schalkers Herbert Burdenski.

(c) dpa – Bildarchiv

10

b: Der Kölner Boxer Peter Müller, der auch „de Aap“ (der Affe) genannt wurde, war vielleicht nicht der erfolgreichste Mittelgewichtsboxer – er hatte es nicht über den Titel eines Deutschen Meisters hinaus geschafft – aber er war auf jeden Fall ein echtes Kölner Original. Am 7. Juni 1952 wurde er in der Kölner Eissporthalle mit einem Schlag weltberühmt, als Müller während des Wettkampfes gegen Hans Strentz den Schiedsrichter Max Pippow k.o. schlug, von dem er sich ungerecht behandelt fühlte. Weder gegen Bubi Scholz noch gegen Laszlo Papp konnte der Heißsporn seine Kämpfe gewinnen.

11

Bei den olympischen Schwimmwettkämpfen in Helsinki 1952 konnte sich ein italienischer Teilnehmer nicht qualifizieren, der später allerdings ein großer Star wurde. Wie lautete sein Name?

a Carlo Pedersoli

b Mario Castellani

c Vittorio Gassman

12

Welcher deutsche Leichtathlet wurde von 1953 bis 1955 kein einziges Mal besiegt?

a Heinz Fütterer

b Karl-Friedrich Haas

c Heinz Ulzheimer

11

a: Der Italiener Carlo Pedersoli musste bereits im Vorlauf über 100 m Freistilschwimmen ausscheiden und wurde nur Fünfter. Weit mehr Erfolg war ihm beschieden, als er an der Seite von Terence Hill zum Leinwandstar wurde. Pedersoli ging nicht als Schwimmer in die Geschichte ein, aber als Bud Spencer in vielen Filmen. Für seine olympischen Leistungen verdient er dennoch Bewunderung.

12

(c) dpa – Sportreport

a: Als „Weißer Blitz" ging Heinz Fütterer in die Annalen der Leichtathletik ein: Als er 1954 die 100 Meter in Weltrekordzeit bewältigte, überstrahlte sein Ruhm sogar den Glanz der Fußball-Weltmeister von Bern. Er erzielte 536 internationale Siege und wurde von 1953 bis 1955 kein einziges Mal besiegt.

13

Der 1949 in Wien gedrehte Film „Der dritte Mann“ gilt als einer der besten britischen Filme aller Zeiten. Wer schrieb das Drehbuch?

picture alliance/IMAGNO

- **a** Graham Greene
- **b** Norman Mailer
- **c** Eric Ambler

14

Welcher amerikanische Comic-Held trat 1951 an den Kiosken in Deutschland seinen Siegeszug an?

- **a** Superman
- **b** Bugs Bunny
- **c** Micky Maus

13

a: Die Romane des britischen Schriftstellers Graham Greene (1904 – 1991) waren zu seinen Lebzeiten bereits äußerst beliebt und wurden verfilmt, wie „The Third Man", zu dem Greene zuerst das Drehbuch schrieb, bevor es 1950 als Roman erschein. Unter der Regie von Carol Reed spielte Orson Welles als Harry Lime die Titelrolle.

14

c: Am 29. August 1951 erschien das erste Micky-Maus-Heft in Deutschland. Viele glaubten damals, dass Comics den Kindern schaden. Von den rund 300 000 Exemplaren der anspruchsvoll gestalteten deutschen Erstausgabe wurde allerdings nicht mal die Hälfte verkauft. Der Rest ging als kostenlose Werbeexemplare an Schulen oder in den Reißwolf. Dann aber entwickelte das Heft sich schnell zur beliebtesten Kinderzeitschrift in Deutschland.

15

picture alliance/Everett Collection

Der blanke Busen von Hildegard Knef sorgte für den Kinoskandal in den 1950er-Jahren. Wie lautet der Filmtitel?

a „Der Reigen“

b „Weg ohne Umkehr“

c „Die Sünderin“

16

Am 24. Juni 1952 erschien die erste „Bild-Zeitung“. Wie hoch war die tägliche Auflage im ersten Erscheinungsjahr?

a 245 000

b 430 000

c 520 000

15

c: Im Nachkriegsdeutschland wollten Staat und Kirche mitbestimmen, was Kunst ist. Der 1951 uraufgeführte Film „Die Sünderin" von Willi Forst bekam das zu spüren. Wegen seiner Geschichte und einer Nacktszene wurde der Film zum größten Skandal des deutschen Films. Heftige Schnitte wurden verlangt, aber der Film kam ungekürzt heraus. Über vier Millionen Zuschauer strömten in die Kinos und Hildegard Knef wurde über Nacht zum Star.

16

FAHNDUNG GROSSE DREI FUNKER BANDITEN

30000-DM-Bild-Wettbewerb

Grenze bei Helmstedt wird gesichert!

10 Pfg Bild ZEITUNG

Ist Churchill zu alt? Englische Presse diskutiert den Rücktritt des britischen Premierministers

ullstein bild – ullstein bild

a: Der damals 30-jährige Hamburger Verleger und Journalist Axel Cäsar Springer konzipierte die „Bild-Zeitung" nach dem Vorbild der englischen „Yellow Press", eine Zeitung mit leicht verdaulichen Themen für die Masse. Die überregionale Boulevardzeitung, die einen Seitenumfang von vier Seiten hatte und 10 Pfennig kostete (bis 1965), stagnierte nach einer kostenlos verteilten Startauflage von 455 000 Exemplaren bis Dezember 1952 bei 245 000 Stück täglich und blieb damit deutlich unter der angepeilten halben Million.

17

Anfang der 1950er-Jahre wurde die Ära der Düsenmaschinen eingeläutet. Welche Flugzeugfirma baute das erste Verkehrsflugzeug mit Strahlenantrieb?

a Boeing

b de Havilland

c McDonnell Douglas

picture alliance/akg

18

Die 1951 errichteten „Lake Shore Drive Apartments“ in Chicago gelten heute als wegweisende Bauwerke der Architektur der Moderne. Wie heißt der Architekt?

a Walter Gropius

b Hans Scharoun

c Ludwig Mies van der Rohe

17

b: Die technische Weiterentwicklung in der Nachkriegszeit erlebte auch im Bereich der zivilen Luftfahrt einen ungeahnten Aufschwung. Die britische Flugzeugfirma de Havilland brachte mit der „Comet 1“ das erste wirtschaftlich erfolgreiche Düsenpassagierflugzeug auf den Markt, das seinen Erstflug 1949 absolvierte und ab 1952 in den Liniendienst ging. Jedoch führte eine Unfallserie mit dem neuen Typ zu einer Einstellung der Produktion und zu einem Startverbot.

18

c: In den USA findet der letzte Bauhaus-Direktor Ludwig Mies van der Rohe, der 1937 in die Vereinigten Staaten emigrierte, Gelegenheit, seine Vorstellung vom Hochausbau zu verwirklichen. Die 1951 von ihm erbauten „Lake Shore Drive Apartments“ in Chicago sind ein typisches Beispiel für seine Skelettkonstruktionen aus Stahl und Glas.

19

Die erste vollautomatische Waschmaschine kam in Deutschland im Jahr 1951 auf den Markt. Wie lautet der Markenname?

a Miele

b Siemens

c Constructa

(c) dpa – Report

20

1953 gelang Auguste Piccard mit seinem von ihm entwickelten Tauchgerät ein neuer Tiefsee-Tauchrekord. In welche Tiefe ließ er sich hinab?

a 4555 Meter

b 3150 Meter

c 2610 Meter

19

c: Die erste vollautomatische Waschmaschine für den privaten Haushalt kam in Deutschland 1951 auf den Markt. Eine Düsseldorfer Maschinenfabrik stellte ihr Gerät mit verglaster Fronttür (dem „Bullauge“) auf einer Ausstellung in Hannover erstmals der Öffentlichkeit vor, die von da an in Anlehnung an den Namen der Messe als „Constructa“ vermarktet wurde. Die Verbreitung des Waschvollautomaten kam einer Revolution gleich – sowohl in gesellschaftlicher als auch in organisatorischer Hinsicht.

20

b: Der Schweizer Wissenschaftler, Physiker und Erfinder Auguste Piccard stellte am 30. September 1953 mit der von ihm entwickelten „Trieste“, welche aus einem 15 Meter langen U-Boot-artigen Tragkörper und einer darunter befindlichen druckfesten Stahlkugel bestand, einen neuen Rekord auf, als er im Tyrrhenischen Meer in eine Tiefe von 3150 Metern tauchte.

21

Welches Ereignis löste 1954 den Urknall des Rock 'n' Roll aus und somit ein ganz eigenes Lebensgefühl der nordamerikanischen Jugend, das bald darauf auch Deutschland erreichte?

a Der Film die „Saat der Gewalt"

b Der Song „Rock Around The Clock"

c Der Film „The Wild One"

22

Genuss ohne Reue versprachen die Zigarettenhersteller den Rauchern. Wie heißt eine der bekanntesten Werbefiguren der deutschen Werbegeschichte, die ab 1956 für die Marke HB in die Luft ging?

a Konrad

b Franz

c Bruno

21

a + b: Am 12. April 1954 nahm eine Band namens Bill Haley & The Comets in einem Studio der Plattenfirma Decca den Song „Rock Around The Clock“ auf. Rund ein Jahr später löste das Stück als Soundtrack zum Film „Blackboard Jungle“ („Saat Der Gewalt“) ein gewaltiges Beben aus, das Musikindustrie und Gesellschaft nachhaltig veränderte.

22

picture alliance

c: In mehr als 400 Reklamefilmen sorgte das kleine cholerische Männchen, das in die Luft geht, für Lacher beim Publikum. Bei seiner unverständlichen Sprache handelte es sich angeblich um Arabisch in doppelter Geschwindigkeit und rückwärts. Bruno, so der Name der Zeichentrickfigur, erlangte einen Bekanntheitsgrad von fast 100 Prozent. Zum Runterkommen gab es erst einmal eine HB: „Greife lieber zur HB, dann geht alles wie von selbst.“

23

1956 wurde eine Deutsche zur „Miss World“ gekürt. Wie hieß die junge Dame?

a Susanne Erichsen

b Marlene Schmidt

c Petra Schürmann

24

Gleiche Rechte für Mann und Frau heißt es im Grundgesetz. Doch erst das Gesetz über die Gleichberechtigung von Mann und Frau, das am 1. Juli 1958 in Kraft trat, brachte den Frauen mehr Freiheiten. Welche Regelung wurde eingeführt?

a Frauen dürfen ohne Zustimmung des Mannes einer Arbeit nachgehen

b Gleiches Recht bei Erziehungsfragen

c Frauen dürfen ihr in die Ehe eingebrachtes Vermögen selbst verwalten

23

picture alliance/akg-images

c: Parallel zum Wirtschaftswunder sogte das deutsche „Frolleinwunder“ für Furore. In London wurde die 20-jährige Kölnerin Petra Schürmann 1956 zur „Miss World“ gekürt. Die Jury war nicht nur von ihren Traummaßen, sondern auch von ihrem Charme und ihrer Intelligenz beeindruckt. Die Pädagogikstudentin landete durch ihren Welterfolg beim Fernsehen – erst als Ansagerin, dann als Moderatorin.

24

a + c: Das Gleichberechtigungsgesetz verbesserte die rechtliche Lage der Frauen. Doch die traditionelle Rollenverteilung war damit noch lange nicht abgeschafft. Allerdings konnten Frauen jetzt ihr Vermögen in einer Ehe selbst verwalten und sie durften ohne Zustimmung des Ehemannes arbeiten gehen, jedoch dabei Haushalt und Familie nicht vernachlässigen. In Erziehungsfragen erhielt allerdings der Mann das letzte Wort.

25

Die Franzosen verloren 1954 nach der Kapitulation der Dschungelfestung Dien Bien Phu ihre Kolonie Indochina. Wie viele Staaten bilden die einstige französische Kolonie heute?

a Fünf

b Drei

c Vier

picture alliance/CPA Media

26

1956 begann in der UdSSR der Prozess der Entstalinisierung, der Hoffnung auf eine Liberalisierung weckte. Welcher Sowjetführer distanzierte sich von der Politik Stalins?

a Malenkow

b Molotow

c Chruschtschow

25

b: Der Begriff Indochina (hinter China) ist eine französische Wortschöpfung für die Region, in der die heutigen südostasiatischen Staaten Vietnam, Kambodscha und Laos liegen. Seit dem 19. Jahrhundert französische Kolonie, bildeten sich schon in dieser Zeit verschiedene nationale Unabhängigkeitsbewegungen heraus. Die populärste war seit den 1930er-Jahren die kommunistisch beeinflusste Vietminh, die Frankreich in Dien Bien Phu besiegte.

26

c: Auf dem XX. Parteitag der KPdSU 1956 verurteilte Nikita Chruschtschow den Personenkult und Machtmissbrauch der Stalin-Ära. Diese Äußerungen wurden von einigen Oppositionsgruppen im Ostblock als Lockerung der Sowjetkontrolle missverstanden. Die Folgen für die DDR blieben indes begrenzt. Ulbricht konnte sich gegen seine innerparteilichen Kritiker durchsetzen. Spätestens mit der blutigen Niederschlagung des Volksaufstands in Ungarn durch die Sowjetarmee im Herbst war das Ende des „Tauwetters“ besiegelt.

27

In den 1950ern sollte die Vergangenheit ruhen. Mit welchem Slogan ging die CDU 1957 in den Bundestagswahlkampf?

a „Auch morgen in Frieden leben“

b „Wohlstand für alle“

c „Keine Experimente!“

28

Welche Kampagne rief 1958 die Massen in der Bundesrepublik auf die Straße?

a Die Wiederbewaffnung

b Die Forderung für die 40-Stunden-Woche bei vollem Lohnausgleich

c Kampf dem Atomtod

27

c: Politik war weniger wichtig, die meisten wollten damit eigentlich in Ruhe gelassen werden. Und so manche Partei warb sogar mit dem Slogan, dass man keine Experimente machen wollte. Die CDU und CSU wollten mit dem Spruch „Keine Experimente“ die Wähler überzeugen, die Errungenschaften der unionsgeführten Regierungen der vorangegangenen acht Jahre nicht aufs Spiel zu setzen.

28

ullstein bild – ullstein bild

c: Nach dem Willen der Adenauer-Regierung sollte auch die Bundeswehr mit Atomwaffen ausgerüstet werden. In der Bevölkerung formierte sich breiter Widerstand gegen diese Forderung. Der von SPD und dem DGB gegründete Aktionsausschuss „Kampf dem Atomtod“ trieb um die Osterzeit Zehntausende in den westdeutschen Städten auf die Straße. In Hamburg versammelten sich 150 000 Menschen vor dem Rathaus.

29

Welcher Sportreporter schrie bei der Übertragung des Endspiels um die Fußballweltmeisterschaft in Bern beim alles entscheidenden Schuss ins Mikrofon: „Tor! Tor! Tor! Tor für Deutschland!"?

a Rudi Michel

b Sammy Drechsel

c Herbert Zimmermann

30

Die Reiterspiele der XVI. Olympiade fanden nicht in Melbourne statt, sondern wo?

picture alliance

a In Brüssel

b In Stockholm

c In Oslo

29

c: Herbert Zimmermann gab dem WM-Finale von 1954 eine legendäre Stimme. Es gibt wohl kein Dokument, welches die Erinnerung an ein Sportereignis stärker geprägt hat als diese Hörfunk-Reportage von Herbert Zimmermann. Als der vielseitige Sportreporter 1966 im Alter von 49 Jahren an den Folgen eines Verkehrsunfalls starb, erinnerte man sich natürlich in erster Linie an seine Verdienste als Radioreporter, mit dem Höhepunkt in Bern.

30

b: Die Sommerspiele 1956 gingen als „Geteilte Spiele" in die olympische Geschichte ein. Aufgrund der strengen Quarantänebestimmungen für Pferde in Australien wurden die Reiterwett-bewerbe in Stockholm ausgetragen. Damit fanden die Olympischen Spiele 1956 nicht nur in zwei verschiedenen Städten statt, sondern auch auf zwei verschiedenen Kontinenten. Hans Günther Winkler gewann mit einem legendären Ritt auf seiner Wunderstute Halla in Stockholm seine erste Goldmedaille bei Olympischen Spielen.

31

Bei den Olympischen Sommerspielen in Melbourne 1956 traute man den Leichtathletinnen noch keine Ausdauer zu. In welchen Disziplinen durften sie nicht starten?

a 400-Meter-Lauf bis Marathonlauf

b 800-Meter-Lauf bis Marathonlauf

c 1500-Meter-Lauf bis Marathonlauf

32

Im zweiten Halbfinale der FIFA-Fußball-WM 1958 siegte Gastgeber Schweden gegen Titelverteidiger Deutschland. Welcher deutsche Spieler wurde in der zweiten Halbzeit vom Platz gestellt?

a Hans Schäfer

b Karl-Heinz Schnellinger

c Erich Juskowiak

31

a: Noch 1956 durften Frauen nur 100 und 200 Meter laufen. 1960 kam der 800-Meter-Lauf für sie ins olympische Programm, 1972 der 1500-Meter-Lauf, 1984 der 3000-Meter- und der Marathonlauf.

32

picture alliance

c: Das schwedische Publikum peitschte sein Team am 24. Juni 1958 mit Schlachtgesängen nach vorne und löste damit eine diplomatische Krise aus. Die Partie war lange Zeit ausgeglichen. In der zweiten Halbzeit wurde der Deutsche Erich Juskowiak in der aufgeheizten Stimmung wegen Nachtretens vom Platz gestellt und erzürnte Sepp Herberger mit dieser Aktion dermaßen, dass der ihn nie wieder in der Nationalmannschaft spielen lassen wollte, zudem fiel Fritz Walter verletzungsbedingt aus. Mit zwei Mann mehr siegte Schweden letztlich mit 3:1.

33

Welcher amerikanische Autor erhielt 1954 den Literaturnobelpreis?

a Ezra Pound

b Ernest Hemingway

c Saul Bellow

34

Françoise Sagan wurde 1954 mit einem Schlag berühmt. Wie heißt ihr erster Roman?

a „Lieben Sie Brahms?“

b „Bonjour Tristesse“

c „Ein gewisses Lächeln“

33

b: 1953 erhielt Ernest Hemingway für seinen Kurz-Roman „The Old Man and The Sea" („Der alte Mann und das Meer") den Pulitzerpreis und 1954 den Literaturnobelpreis.

34

picture alliance/Leemage

b: Die Erzählung von einem jungen Mädchen von heute verfasste Françoise Sagan innerhalb weniger Wochen. Die Startauflage betrug 4200 Exemplare. Rasch musste nachgedruckt werden, denn „Bonjour Tristesse" erwies sich als Bestseller und bescherte der damals 19-jährigen Schriftstellerin Weltruhm.

35

Im deutschen Film der 1950er-Jahre dominierten viele junge Damen – wie die vom „Immenhof" – das Geschehen. Welches Mädchen schwang sich damals von Ast zu Ast durch den afrikanischen Urwald?

a Liane

b Lina

c Lisa

36

Welcher Quizmaster fragte ab 1958 im Fernsehen: „Hätten Sie's gewußt?"?

a Peter Frankenfeld

b Hans Joachim Kulenkampff

c Heinz Maegerlein

35

a: Marion Michael in der Rolle der Liane kam als „deutsche Brigitte Bardot" und „weiblicher Tarzan" zu Filmruhm im deutschen Nachkriegsfilm. „Liane, das Mädchen aus dem Urwald" machte die Schauspielerin als „verwilderte Lolita" in den prüden 1950er-Jahren der Bundesrepublik an der Seite von Hardy Krüger mit 16 Jahren schlagartig berühmt.

picture alliance/Everett Collection

36

c: „Hätten Sie's gewußt?" war eine 45-minütige Quizsendung mit hohen Einschaltquoten, die von 1958 bis 1969 vom Bayerischen Rundfunk produziert und zunächst im Abendprogramm des Deutschen Fernsehens ausgestrahlt wurde. Die Fragen stellte der Sportreporter Heinz Maegerlein, der ohne Fehl und Tadel seinen Kandidaten auf den Zahn fühlte.

37

Am 4. März 1954 absolvierte der Lockheed F-104 „Starfighter“ seinen Erstflug. Wie viele Weltrekorde stellte das Kampfflugzeug auf?

a Zwei

b Drei

c Fünf

(c) dpa – Bildarchiv

38

In welchem Land wurde 1954 das erste zivile Kernkraftwerk in Betrieb genommen?

a In den USA

b In Großbritannien

c In der Sowjetunion

37

b: Mit dem F-104 „Starfighter“ verbinden sich nicht nur viele Skandale und eine hohe Absturzrate, sondern auch technische Weltrekorde. Am 16. Mai 1958 stellte eine F-104A mit 2259,538 km/h einen Geschwindigkeits-Weltrekord auf. Am 14. Dezember 1959 erreichte eine F-104C die Weltrekordhöhe von 31 513 Metern. Der Starfighter war das erste Flugzeug, das gleichzeitig die Rekorde für Geschwindigkeit, Höhe und Steigrate hielt.

38

c + b: Das erste zivile Kernkraftwerk der Welt wurde 1954 im russischen Obninsk erfolgreich in Betrieb genommen. Das AKW hatte eine elektrische Leistung von 5 MW. 1955 wurde in Calder Hall, England, ein Kernkraftwerk errichtet, das 1956 mit einer Leistung von 55 MW ans Netz ging und als erstes kommerzielles Kernkraftwerk der Welt bezeichnet wird.

39

Ende 1957 startete die UdSSR den ersten künstlichen Erdtrabanten „Sputnik“. Erst am 1. Februar 1958 konnten die USA nachziehen. Wie hieß ihr erster Satellit?

- **a** Explorer
- **b** Pioneer
- **c** Elstar

ullstein bild – White Night Press/Irina Bernst

40

Welches U-Boot unterquerte 1958 als erstes den Nordpol?

- **a** George Washington
- **b** Valiant
- **c** Nautilus

39

a: In den USA war man schockiert über den Start von Sputnik am 4. Oktober 1957. Erst vier Monate später gelang den USA endlich der erste Start eines Satelliten. Mit einer Jupiter-C-Rakete wurde „Explorer 1" in den Weltraum geschossen.

40

c: Die 1954 in den Dienst gestellte Nautilus, das erste atomgetriebene Unterseeboot, war ein technisches Wunderwerk seiner Zeit. So wurde es erstmals möglich, mit einem U-Boot unter dem Nordpol hindurchzufahren. Der Nautilus gelang dies mit der so genannten „Operation Sunshine" im Jahr 1958. Am 3. August um 23.15 Uhr (EDST) hatte sie den Nordpol als erstes Schiff erreicht. Nach insgesamt 96 Stunden und 1830 Meilen unter dem Eis tauchte sie zwei Tage später nordöstlich von Grönland wieder auf.

41

In der Ferne suchten immer mehr Bundesbürger das Urlaubsglück, insbesondere in Italien. Welcher Nr.-1-Hit dominierte 1959/60 den südländischen Schlagertrend?

a „Mandolinen und Mondschein“

b „Marina“

c „Volare“

picture alliance/Keystone

42

Oswalt Kolle wurde in den 1960er-Jahren zum „Aufklärer der Nation“. Wie hieß seine 1960 veröffentlichte erste Aufklärungsserie?

a „Das Wunder der Liebe!“

b „Deine Frau, das unbekannte Wesen“

c „Dein Kind, das unbekannte Wesen“

41

b: Mit 20 Jahren komponierte der in Belgien lebende, italienisch-stämmige Automechaniker Rocco Granata 1959 den internationalen Millionenseller „Marina“. Durch ein Plakat mit einer Zigarettenwerbung seiner Lieblingsmarke „Marina“ auf die Idee gebracht, zu einer improvisierten Samba-Melodie einen italienischen Text zu verfassen, spielte und sang Rocco auf seinem Akkordeon dann – einfach so – in einer Kneipe in Diest „Marina“.

42

c: Der Journalist, Autor und Filmproduzent Oswalt Kolle war in den 1960er- und 1970er-Jahren maßgeblich an der Popularisierung der sexuellen Aufklärung beteiligt. Für Illustrierte schrieb er Aufklärungsserien, veröffentlichte Bücher und drehte Filme zum Thema Sexualität, in denen er sich gegen die Verklemmtheit der Deutschen durchsetzte. „Dein Kind, das unbekannte Wesen“ war Kolles erstes erfolgreiches Werk.

43

Das Wunder von Lengede hielt im Herbst 1963 Deutschland in Atem. Wie hieß die eingesetzte Rettungskapsel?

a „Dahlbusch-Bombe“

b „Memory Alpha“

c „Phoenix“

ullstein bild – ullstein bild

44

Wie hoch war 1962 der Mindesturlaubsanspruch in der Bundesrepublik?

a 12 Tage

b 15 Tage

c 20 Tage

43

a: Am 24. Oktober 1963 ereignete sich in Lengede ein tragisches Grubenunglück. Durch einen Wassereinbruch wurden 50 Bergleute in Stollen eingeschlossen. Durch Rettungsbohrungen konnten die meisten Verschütteten gerettet werden.
Als Rettungsgerät kam auch eine zigarrenförmige Rettungskapsel zum Einsatz, die 1955 erstmals auf der Rotthauser Zeche Dahlbusch eingesetzt wurde, daher auch die Bezeichnung Dahlbusch-Bombe.

44

b: Die Wirtschaftspolitik der Bundesrepublik war durch eine Fortdauer des seit der Währungsreform ununterbrochenen Wachstums gekennzeichnet. Die Produktion war auf fast allen Gebieten gesteigert worden. Das wirkte sich für die Arbeitnehmer nicht nur auf den Geldbeutel aus, sondern auch auf einen hören Anspruch auf Urlaubstage.
Am 7. Dezember 1962 wurde ein Mindesturlaub von 15 Tagen festgelegt.

45

Wer wurde 1959 zum zweiten Bundespräsidenten der Bundesrepublik Deutschland gewählt?

a Carlo Schmid

b Heinrich Lübke

c Jakob Kaiser

Foto Helmut Blecher

46

Am 13. August 1961 besiegelte der Bau der Berliner Mauer die deutsch-deutsche Teilung. Wer war für die Planung der Mauer zuständig?

a Walter Ulbricht

b Erich Mielke

c Erich Honecker

45

b: Am 1. Juli 1959 wurde der Sauerländer Heinrich Lübke zum Bundespräsidenten gewählt. „Ich bin für das Amt eigentlich wenig geeignet", seufzte er. Doch er stand es durch, fast bis zum vorgeschriebenen Ende seiner zweiten Amtsperiode. Kabarettisten verspotteten den Biedersinn seiner Reden und Ansichten.

46

Foto Helmut Blecher

c: Für die Planung der Mauer-Aktion war der damals 48-jährige Sekretär des neugebildeten Verteidigungsrates der DDR, Erich Honecker, zuständig.

47

Die „Spiegel-Affäre“ löste 1962 eine Regierungskrise aus. Wer musste nach Protesten aus dem In- und Ausland auf sein Ministeramt verzichten?

a Gerhard Schröder

b Franz Josef Strauß

c Walter Scheel

48

In welcher Stadt wurde John F. Kennedy am 22. November 1963 Opfer eines Attentats?

a In Houston

b In Austin

c In Dallas

47

b: Polizei und Bundesanwaltschaft besetzten am 26. Oktober 1962 die Redaktionsräume des „Spiegel“ und ermitteln wegen angeblichen Landesverrats. Die Affäre zog sich über Wochen hin, am Ende musste Verteidigungsminister Franz Josef Strauß auf sein Ministeramt verzichten.

48

ullstein bild – Keystone

c: Während einer Städtereise durch die USA wurde Präsident John F. Kennedy in der texanischen Stadt Dallas das Opfer eines Mordanschlags. Noch am selben Tag wurde Lee Harvey Oswald als mutmaßlicher Täter verhaftet. Bereits 99 Minuten nach Kennedys Tod wurde in Washington Vizepräsident Lyndon B. Johnson als 26. Präsident der Vereinigten Staaten vereidigt.

49

Welche Mannschaft besiegte Eintracht Frankfurt im Endspiel um die Deutsche Fußballmeisterschaft 1959?

a Borussia Dortmund

b 1. FC Nürnberg

c Kickers Offenbach

50

Bei der XVII. Olympiade 1960 in Rom gewann der deutsche Sprinter Armin Hary zwei Goldmedaillen. Welcher andere deutsche Leichtathlet hätte es ihm fast gleichgetan?

a Manfred Kinder

b Carl Kaufmann

c Manfred Germar

49

c: Im Jahre 1959 bezwang die Eintracht den Lokalrivalen Kickers Offenbach im Finale von Berlin mit 5:3. Bis heute ist es die einzige deutsche Meisterschaft in der Vereinsgeschichte der Frankfurter geblieben.

picture alliance

50

b: Carl („Charly") Kaufmann war der erste europäische 400-m-Läufer, der unter 45 Sekunden lief. Bei den Olympischen Spielen in Rom gewann er die Silbermedaille und lief zusammen mit dem Amerikaner Otis Davis mit 44.9 Sekunden Weltrekord. Die elektronische Zeitmessung zeigte einen Vorsprung von Otis Davis auf Carl Kaufmann von zwei Hundertstelsekunden auf. Eine weitere Silbermedaille gewann er als Schlussläufer der 4x400-Meter-Staffel.

51

Welcher Radprofi konnte als erster die Tour de France fünfmal gewinnen?

a Eddy Merckx

b Raymond Poulidor

c Jacques Anquetil

52

Am 24. August 1963 erfolgte in acht deutschen Stadien der Anpfiff zur Bundesliga. Welche Mannschaft war in der ersten Spielzeit noch nicht dabei?

a Bayern München

b Borussia Mönchengladbach

c VfB Stuttgart

51

c: Nachdem Anquetil 1957 die Tour de France erstmals gewann, musste er bis 1961 auf seinen zweiten Gesamtsieg warten. Danach gewann er die Tour de France bis 1964 als Erster viermal nacheinander und hatte somit ebenfalls als Erster insgesamt fünf Erfolge erzielt.

(c) dpa – Sportreport

52

a + b: In den ersten sechs Jahren der neuen Liga holten sechs verschiedene Klubs den Titel, ehe sich die Meisterschaft in der Folge zum Zweikampf zwischen Bayern München und Borussia Mönchengladbach entwickelte. Die beiden Mannschaften stiegen erst in der dritten Spielzeit 1965/66 in die Bundesliga auf. Zwischen 1969 und 1977 holten die Bayern vier Titel, die Fohlen aus Gladbach gar deren fünf.

53

1959 wurde der Antikriegsfilm „Die Brücke“ zum Filmereignis des Jahres. Wer führte Regie?

a Helmut Käutner

b Wolfgang Staudte

c Bernhard Wicki

(c) dpa – Fotoreport

54

Am 17. August 1960 gaben die Beatles auf der Hamburger Reeperbahn ihr erstes Konzert. Wie hieß der Club, in dem sie auftraten?

a Kaiserkeller

b Indra

c Star-Club

53

c: Der 39-jährige Schweizer Bernhard Wicki, der zunächst als Bühnen- und Filmschauspieler tätig war, schilderte in seiner zweiten Regiearbeit – ohne ideologischen Überbau und ohne Heldenverklärung –, wie noch in den letzten Kriegstagen des Jahres 1945 eine Gruppe Schüler blind in ihr Verderben rennt. Wicki wurde durch den immensen, auch internationalen Erfolg seines Antikriegsfilms zur großen Hoffnung des deutschen Films.

54

picture alliance/KPA

b: In Hamburg wurden die Beatles erwachsen. Abend für Abend mussten sie lernen, wie man ein Publikum über mehrere Stunden hinweg bei der Stange hält. Im Rotlichtviertel von St. Pauli traten sie zunächst im Indra und dann im Kaiserkeller auf, bei späteren Gastspielen auch im legendären Star-Club. Am Schlagzeug saß Pete Best, der erst Ende 1962, kurz vor dem Durchbruch der Beatles, gegen Ringo Starr ausgetauscht wurde. Stu Sutcliffe spielte bis November 1960 den Bass, seinen Part übernahm 1961 Paul McCartney.

55

1962 hat das deutsche Fernsehen seinen ersten Straßenfeger, „Das Halstuch" von Francis Durbrigde. Wer spielte den Mörder?

a Dieter Borsche

b Albert Lieven

c Horst Tappert

56

Der schwedische Regisseur Ingmar Bergman schockierte 1963 die Moralhüter. Wie heißt sein Skandalfilm?

a „Wilde Erdbeeren"

b „491"

c „Das Schweigen"

55

a: Der Krimi-Mehrteiler hatte bis zu 89 Prozent Einschaltquote, 25 Millionen Zuschauer sahen sich diesen Straßenfeger an. Der Film war tagelang Gesprächsstoff, Wetten auf den Täter wurden abgeschlossen. Zum Eklat kam es, als der Kabarettist Wolfgang Neuss in einer Annonce (die damals 945 D-Mark kostete!) einen Tag vor der Ausstrahlung des letzten Teils verriet, wer der Halstuchmörder war: Dieter Borsche.

picture alliance

56

c: Ingmar Bergman inszenierte 1963 „Das Schweigen“, welches der letzte Teil seiner „Glaubenstrilogie“ ist. Die Sexszenen sorgten damals für einen Eklat und lösten eine Zensurdebatte aus. Vor allem eine Sexszene in einer Kirche rief großes Entsetzen hervor und spaltete nicht nur das deutsche Feuilleton in zwei Lager. Der Film hat jedoch nichts mit Pornografie zu tun. Heute gilt der Film übrigens als Kunst- und Meisterwerk.

57

1959 war der Dortmunder Fernsehturm das höchste Bauwerk der Bundesrepublik. Wie hoch war das Gebäude zum Zeitpunkt seiner Einweihung?

a 250 Meter

b 230 Meter

c 220 Meter

58

1960 stellte Volkswagen eine optimierte Version des Käfers vor. Wie viel PS schlummerten unter der Motorhaube?

a 30 PS

b 34 PS

c 38 PS

57

c: Anlässlich der Bundesgartenschau im Westfalenpark wurde der Dortmunder Fernsehturm („Florianturm") mit einer Höhe von knapp 220 Metern (219,60 Meter) errichtet. Er bietet ein atemberaubendes Panorama von der Aussichtsplattform mit einem Rundumblick über ganz Dortmund. Der erste Spatenstich erfolgte am 22. Mai 1958. Nach nur einem knappen Jahr Bauzeit erfolgte die Eröffnung am 30. April 1959. Für fast ein Jahrzehnt war er der höchste Fernsehturm Deutschlands.

58

Archiv Helmut Blecher

b: Nach der Umwandlung in eine Aktiengesellschaft im August 1960 stellte Volkswagen kurz darauf eine optimierte Version des VW 1200 vor. Äußerlich war er zwar gleich geblieben, doch unter der Motorhaube schlummerte jetzt bei dem Export-Käfer ein 34-PS-Motor. Damit wurde das Lieblingsauto der Deutschen zu einem richtig „flotten" Käfer. Die Standard-Karosserie behielt den 30-PS-Motor.

59

Am 20. Februar 1962 umkreiste der erste Amerikaner dreimal die Erde. Wie ist der Name des ersten US-Astronauten?

a John Glenn

b Scott Carpenter

c Alan Shepard

60

Welche Firma stellte auf der IFA 1963 den ersten Kassettenrekorder vor?

a Telefunken

b Philips

c BASF

59

a: In einer Mercury-Raumkapsel umkreiste der Astronaut John Glenn dreimal die Erde und landete im vorgegebenen Zielgebiet im Atlantik. Mit ihrem ersten bemannten Weltraumflug holten die Amerikaner den Vorsprung der Sowjetunion ein, nachdem ein Jahr zuvor Juri Gagarin als erster Mensch die Erde umkreist hatte.

picture alliance/akg

60

b: Auf der IFA 1963 präsentierte Philips eine Sensation: die „Compact Cassette“ und den ersten Kassettenrekorder EL 3300. Neu war diese Erfindung nicht, denn bereits in den 1930er-Jahren erschienen die ersten Tonbandgeräte, die sich dieser Technik bedienten. Revolutionär dagegen war, dass der Philips EL 3300 die Kassette als Medium erstmals Privatpersonen zugänglich machte. Im Vergleich zu teuren Tonbandgeräten war der Kassettenrecorder mit 300 DM (unter Berücksichtigung der Inflationsrate umgerechnet 600 Euro) durchaus erschwinglich.

61

Die Jugend gab sich der Beatmusik hin. Die Beatles und die Rolling Stones trafen mit ihren Liedern den Nerv der Zeit. Bei der ersten Deutschlandtournee der Stones im September 1965 geriet ein Konzert aus dem Ruder. Wo?

a In der Grugahalle, Essen

b Auf der Waldbühne, Berlin

c Im Circus Krone, München

Foto Helmut Blecher

62

Der Mini eroberte ab 1966 die Modewelt. Wer kreierte die kniefreien Röcke?

a Mary Quant

b Yves Saint Laurent

c André Courrèges

61

b: Eine Welle der Begeisterung lösten die Rolling Stones bei ihren ersten Auftritten in Deutschland aus. Zehntausende Jugendliche fanden sich am 15. September 1965 in der Berliner Waldbühne ein. Doch aus dem friedlichen Abend wurde eine erbitterte Schlacht zwischen Musikfans und Polizei. Die Waldbühne verwandelte sich in ein Trümmerfeld: verbogene Absperrungen, umgestürzte Laternenmasten, zerstörte Bänke.

picture alliance/dpa

62

a: Die 1960er-Jahre sind eines der wichtigsten Jahrzehnte für die Modewelt. In diesem Modejahrzehnt wurden die Weichen für eine Mode gestellt, die sich an der Jugend und den aktuellen Trends orientierte. Im Swinging London erfand Mary Quant 1962 den Minirock und ließ damit die Rocksäume international 10 cm über das Knie rutschen. Mitverantwortlich für die Wiederentstehung des Minirocks war der französische Modedesigner André Courrèges, der ihn in der Pariser Modewelt hoffähig machte.

63

Am 25. August 1967 wurde in der Bundesrepublik der Bildschirm farbig. Wer drückte zum Start auf den großen roten Knopf?

a Karl Schiller

b Kurt Georg Kiesinger

c Willy Brandt

picture alliance

64

Die Pauschalreise erlebte Ende der 1960er-Jahre einen rasanten Aufstieg. Wer war der führende Anbieter in diesem Marktsegment der Tourismusbranche?

a Hummel

b Scharnow

c Touropa

63

c: Die Sensation des Jahres 1967 war die Einführung des Farbfernsehens. Am 25. August erwarteten in der Halle A der Berliner Funkausstellung 1200 Ehrengäste den Start des Farbfernsehens. Nach seiner Festrede drückte Außenminister Willy Brandt auf den großen roten Knopf und gab so symbolisch die Farbkameras frei. Das Deutsche Fernsehen war die erste europäische Sendeanstalt, die ein regelmäßiges Farbfernsehprogramm ausstrahlte.

64

c: Dass 1951 in München gegründete Touristikunternehmen Touropa erlebte in den Folgejahren im Segment Gesellschafts-/Pauschalreisen eine immer größere Bedeutung. 1967 buchten 400 000 Urlauber ihre Bahn- oder Flugreise inkl. Hotelübernachtung bei Touropa, während Scharnow 335 000 und Hummel 195 000 Reisende an ihre Urlaubsorte am Mittelmeer brachte. Fernreisende buchten bei Dr. Tigges.

65

Welcher Bürgerrechtler wurde 1964 mit dem Friedensnobelpreis geehrt?

a Martin Luther King

b Andrei Sacharow

c Albert John Luthuli

66

1966 wurde die erste Große Koalition in der Bundesrepublik Deutschland gebildet. Unter welchem Spitznamen wurden die beiden wichtigsten Minister, Karl Schiller und Franz Josef Strauß, bekannt?

a „Fix und Foxi"

b „Max und Moritz"

c „Plisch und Plum"

65

a: Der amerikanischer Bürgerrechtler, der 1968 im Memphis, Tennessee, dem Mordanschlag eines weißen Fanatikers zum Opfer fiel, war seit den 1950er-Jahren ein Vorkämpfer für die Gleichberechtigung der Farbigen 1964 erhielt er den Friedensnobelpreis. Luthuli, Präsident der südafrikanischen Befreiungsbewegung ANC, wurde 1960 ausgezeichnet, der russische Menschenrechtler Sacharow erhielt 1974 den Friedensnobelpreis.

66

(c) dpa – Report

c: Von Dezember 1966 bis Oktober 1969 regierten Union und SPD zusammen. Im Kabinett von Kurt Georg Kiesinger (CDU) stachen Wirtschaftsminister Karl Schiller (SPD) und Finanzminister Franz Josef Strauß (CSU) heraus. Die beiden ungleichen Politiker wurden nach einem glossenartigen Spiegel-Artikel von Journalist Felix Rexhausen metaphorisch mit Wilhelm Buschs frechem Hundepaar „Plisch und Plum“ verglichen. Der Spitzname Plisch (für Schiller) und Plum (für Strauß) wurde schnell allgemein bekannt.

67

Rudi Dutschke war eine der charismatischsten Figuren der 1968er Studentenbewegung. In welcher studentischen Vereinigung war er führend tätig?

a KSV

b RCDS

c SDS

ullstein bild – Calle Hesslefors

68

Dem Prager Frühling wurde am 20. August 1968 durch militärische Intervention ein Ende gesetzt. Wie heißt die maßgebliche Figur des politischen Reformprozesses in der CSSR?

a Ludvik Svoboda

b Alexander Dubcek

c Ota Sik

67

c: Rudi Dutschke, der als der „deutsche Che Guevara“ galt, verband sein Studium schon früh mit politischem Engagement. Im Januar 1965 trat er dem SDS (Sozialistischer Deutscher Studentenbund) bei. Ab 1966 organisierte Dutschke mit dem SDS zahlreiche Demonstrationen für Hochschulreformen, gegen die Große Koalition, die Notstandsgesetze und den Vietnamkrieg. Die wachsende Studentenbewegung verstand sich als Teil einer außerparlamentarischen Opposition (APO).

68

b: Der Versuch der Reformer unter Alexander Dubcek, in der Tschechoslowakei einen demokratischen Sozialismus aufzubauen, wurde mit dem Einmarsch der Truppen des Warschauer Paktes gewaltsam niedergeschlagen. Der slowakische KP-Chef Dubcek, der Antonin Novotny an der Spitze der KPC abgelöst hatte, war Idealist. Er hielt den Sozialismus zwar für die beste Gesellschaftsform, allerdings nicht so, wie ihn der Kreml praktizierte. Ihm schwebte ein „Sozialismus mit menschlichem Antlitz“ vor.

69

Bei den IX. Olympischen Winterspielen in Innsbruck 1964 gab es wenig Schnee und für eine Wintersport-Nation überhaupt keine Medaillen. Für welche?

a Finnland

b Frankreich

c Die Schweiz

70

Durch einen technischen K.o. entthronte Cassius Clay (Muhammad Ali) 1964 seinen Gegner und wurde neuer Box-Weltmeister im Schwergewicht. Wer war sein Gegner?

a Joe Frazier

b Sonny Liston

c Floyd Patterson

69

c: Die Schweiz blieb ohne Medaille, auch in den Ski-Alpin-Wettbewerben. Doch hier war man schon bei der WM 1962 ohne Medaille geblieben, und auch 1966 gab es bei der WM im chilenischen Portillo keine.

70

picture alliance

b: Durch einen technischen K.o. in der siebten Runde besiegte der Herausforderer Cassius Clay, der kurz danach den Namen Muhammad Ali wählte, am 25. Februar 1964 seinen Landsmann Sonny Liston beim Titelkampf um die Weltmeisterschaft im Box-Schwergewicht. Der damals erst 22 Jahre alte Herausforderer aus Louisville, Kentucky, der als Amateur in Rom olympisches Gold gewann, vergoldete fortan seine weiteren Profi-Kämpfe, deren Verläufe er vorher „großmäulig“ ankündigte.

71

Die Fußball-WM 1966 in England bleibt auf ewig mit dem umstrittenen dritten Tor im Endspiel zwischen England und Deutschland verbunden. Welcher englische Spieler schoss es?

a Geoff Hurst

b Bobby Charlton

c Roger Hunt

72

Bei den XIX. Olympischen Spiele in Mexiko-City 1968 wurden bei den Leichtathletik-Wettbewerben 17 Weltrekorde verzeichnet. Eine Deutsche befand sich darunter. Wie heißt sie?

a Margitta Gummel

b Liesel Westermann

c Marita Lange

71

picture alliance

a: Am 30. Juli 1966 ging im Londoner Wembley-Stadion die VIII. Fußballweltmeisterschaft mit einem umstrittenen 4:2-Sieg der Engländer nach Verlängerung über die Bundesrepublik Deutschland zu Ende. Bis heute konnte nicht geklärt werden, ob der Schuss des Briten Geoff Hurst auf das Tor von Hans Tilkowski in der 101. Minute von der Unterkante auf die Linie oder dahinter prallte. Während der Schiedsrichter zunächst weiterspielen ließ, entschied der sowjetische Linienrichter zugunsten Englands auf Tor.

72

a: Die beiden deutschen Staaten traten in Mexiko-City mit zwei unabhängigen Mannschaften an. Im Kugelstoßen gewann Margitta Gummel aus der DDR Gold mit der Weltrekordweite von 19,61 Metern vor ihrer Teamkollegin Marita Lange.

73

Ab 1966 begeisterte die kesse Agenten-Serie „Mit Schirm, Charme und Melone“ die Fernsehzuschauer. Das Duo John Steed und Emma Peel löste die kompliziertesten Kriminalfälle. Wer war die Darstellerin der Emma Peel?

a Judi Dench

b Diana Rigg

c Sarah Miles

ullstein bild – Pressefoto Kindermann

74

Als literarische Sensation wurde Truman Capotes 1966 veröffentlichter Roman „Kaltblütig“ gefeiert. Welcher Regisseur verfilmte 1967 den Stoff?

a Robert Aldrich

b John Frankenheimer

c Richard Brooks

73

b: „Mrs. Peel, Sie werden gebraucht“, war das lässige Signal des Gentleman John Steed, gespielt von Patrick Macnee, an seine Partnerin Emma Peel, supersexy und schlagfertig dargestellt von Diana Rigg. Als die britische Serie am 18. Oktober 1966 ihre Premiere im ZDF hatte, waren die Zuschauer begeistert: „Endlich mal kein Krimi von der Stange.“ Mit Coolness, Emmas Karate-Künsten und jeder Menge Witz und Charme gelang den beiden die Aufklärung der kompliziertesten Kriminalfälle.

74

c: In „Cold Blood“ rollte Capote dokumentarisch einen aufsehenerregenden Mordfall auf und bemühte sich um die Aufschlüsse der Motive der Mörder. Der Hollywood-Regisseur Richard Brooks, der sich ab 1962 der Verfilmung literarischer Stoffe widmete, setzte Capotes Romanvorlage im Doku-Stil nüchtern und authentisch um.

75

Die Beatles veröffentlichten 1967 ihr epochales Album „Sgt. Pepper's Lonely Hearts Club Band". Ein Jahr zuvor wurde ein anderer Meilenstein der Popmusikgeschichte veröffentlicht. Wie hieß die Band?

a Cream

b The Beach Boys

c The Rolling Stones

76

1968 traten Asterix und Obelix ihren Siegeszug in Deutschland an. In welchem Jahr wurde die erste Geschichte mit den beiden Comic-Helden veröffentlicht?

a 1957

b 1959

c 1961

75

b: Angestachelt von den Beatles wollte der Beach-Boys-Mastermind Brian Wilson „das größte Rock-'n'-Roll-Album aller Zeiten" komponieren. Heraus kam 1966 schließlich „Pet Sounds", auf dem sich die kalifornische Band auch erstmals textlich anderen Themen als dem Surfen widmete. Als eines der ersten Alben, das sich nicht mehr in einer bloßen Zusammenstellung von Hits und Lückenfüllern erschöpft, sondern darüber hinaus als einheitliches Werk zu verstehen ist, ging „Pet Sounds" nicht nur wegen seiner ungewöhnlichen instrumentalen Arrangements in die Musikgeschichte ein.

76

picture alliance/Everett Collection

b: Der Autor René Goscinny und der Zeichner Albert Uderzo erfanden den unbeugsamen Gallier Asterix und seinen Freund Obelix 1959, die speziell für den Start der Jugendzeitschrift „Pilote" entwickelt wurden. Goscinny wurde später deren langjähriger Chefredakteur, Uderzo wurde Artdirector.

77

Gleich drei neue Modelle schickte die Adam Opel AG 1964 ins Rennen um Anteile auf dem umkämpften Automobilmarkt. Wie hieß das stärkste Modell?

a Admiral

b Kapitän

c Diplomat

78

Am 3. Februar 1966 gelang der Sowjetunion mit der Sonde „Luna 9“ die erste weiche Landung eines Raumflugkörpers auf dem Mond. Mit welcher Sonde landeten die USA erstmals auf dem Erdtrabanten?

a Surveyor

b Ranger

c Apollo

77

c: Der „Diplomat“ ist das stärkste Auto, das Opel 1964 offerierte. Hubraum: 4,6 Liter. Leistung: 190 PS. „Admiral“ und „Kapitän“, die beiden weiteren Opel-Neuheiten, sind mit dem gleichen, von 90 auf 100 PS Leistung gesteigerten Sechszylinder-Reihenmotor von 2,6 Litern Hubraum ausgestattet, den auch Opels bisheriges Spitzenmodell, der alte „Kapitän“, unter der Haube hat.

(c) dpa – Bildarchiv

78

a: Zwischen 1966 und 1968 übertrugen die amerikanischen Sonden „Surveyor 1“ bis „Surveyor 7“ zahlreiche Fotos von der Mondoberfläche.
Sie landeten teilweise auf dem Mond und führten dort einige Experimente durch. Sie dienten vorrangig der Vorbereitung des geplanten amerikanischen Mondfluges.

79

Wie viel wog der erste 1967 gebaute Taschenrechner?

a 0,5 Kilogramm
b 1,5 Kilogramm
c 2,5 Kilogramm

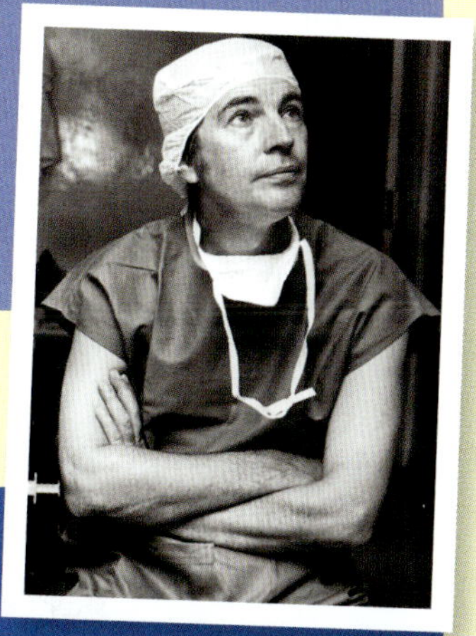
picture-alliance/akg-images

80

Am 3. Dezember 1967 gelang dem südafrikanischen Chirurgen Professor Christiaan Barnard die erste Herzverpflanzung. Wie lang überlebte sein erster Patient?

a 18 Tage
b 31 Tage
c 55 Tage

79

b: Der erste von Texas Instruments erfundene Taschenrechner wog 1,5 Kilogramm, konnte mit bis zu sechsstelligen Zahlen operieren und druckte das Ergebnis auf Thermopapier aus. Was antiquiert klingt, war in Wirklichkeit beinahe ein technisches Wunder: Vergleichbar leistungsfähige Rechner passten im Erfindungsjahr 1967 keineswegs in eine Tasche, sondern wogen 25 Kilo und mehr.

80

a: Christiaan Barnard gelang im Groote Schuur Hospital im südafrikanischen Kapstadt die erste Transplantation eines Herzens. Empfänger war der 54-jährige Louis Washkansky, der nach drei Herzinfarkten seit Oktober auf Barnards Station lag. Um eine Abstoßung des Spenderorgans zu verhindern, wurde Washkansky immunsuppressiv behandelt. Am 21. Dezember 1967 verstarb er an einer Lungenentzündung, die er wenige Tage zuvor entwickelt hatte.